捧读

触及身心的阅读

张进步

1982年生于山东，现居北京。1998年以来，大量诗歌作品发表在《诗刊》《新大陆》《星星诗刊》等国内外刊物上。2002年至2006年期间，诗歌曾入选历年的诗歌年选、年鉴、精选等。

2011年后，诗歌观念发生较大变化。部分作品被选入《新世纪诗典》《1991年以来的中国诗歌》《当代诗经》《中国先锋诗歌地图》《口语诗》等数十种选集。著有诗集《推门人》《再安静一些》。在中国大陆和台湾地区出版过简体和繁体版本的长篇小说等各类作品十余种。即将出版小说集《荒野故事集》。

那天晚上，月亮像一颗硬糖

THE NIGHT
OF THE
CANDY MOON

张进步——著

天津出版传媒集团
百花文艺出版社

图书在版编目（CIP）数据

那天晚上，月亮像一颗硬糖 / 张进步著. -- 天津 : 百花文艺出版社, 2020.9（2021.3重印）

ISBN 978-7-5306-7913-5

Ⅰ. ①那… Ⅱ. ①张… Ⅲ. ①诗集－中国－当代 Ⅳ. ①I227

中国版本图书馆CIP数据核字(2020)第126092号

那天晚上，月亮像一颗硬糖

NATIAN WANSHANG,YUELIANG XIANG YIKE YINGTANG

张进步 著

选题策划： 唐冠群 胡晓童　**封面设计：** lemon

责任编辑： 胡晓童

出版发行： 百花文艺出版社

地址： 天津市和平区西康路35号　**邮编：** 300051

电话传真： +86-22-23332651（发行部）

+86-22-23332656（总编室）

+86-22-23332478（邮购部）

主页： http://www.baihuawenyi.com

印刷： 天津创先河普业印刷有限公司

开本： 787×1092毫米 1/32

字数： 150千字

印张： 8

版次： 2020年9月第1版

印次： 2021年3月第2次印刷

定价： 58.00元

如有印装质量问题，请与天津创先河普业印刷有限公司联系调换

地址：天津宝坻经济开发区宝中道北侧5号5号厂房

电话：（022）22458683

邮编：301800

目录

Contents

序

是生活中的意象唤醒了我

当我开始写作
把手按在诗册上
我已经做出宣誓
在浩无际涯的时间中
我，诗人，只向自己效忠

01

亲爱的，你们从哪里赶来

山峦是大地之卵
被春兽拱裂
淌出了溪水

02

有蟋蟀，在啃月亮

经过的人遇到我
敲了敲我那染满青苔的
石头的心

03

群山相遇之时，彼此拱手作揖

某年月日
草木用藤蔓在山中写字
风偶尔前来磨墨
留下雨水一池

04

这几年，我没办法拥抱自己

修了二十年
我依然有一座
迟迟修不好的
站台

05

湿漉漉的月亮，为它铺开道路

我写过的最好的情诗
曾是一支预言
我在寻找着
正在寻找我的你

06

荒野故事集及其他

在他的屋檐上
是深秋的夜晚
月亮从屋檐上看下来
像那骷髅嘲弄的独眼

07

天空有一块，刚出生的云

万物排列在天地间
是这世上的象形文字
只有人不是
人是标点

08

一半是烟，一半是火

几个晒太阳的老头
正在指点国际间的政治事件
口沫喷飞，风云席卷
我明白，这就是著名的退休家

序　　是生活中的意象唤醒了我

当我开始写作
把手按在诗册上
我已经做出宣誓
在浩无际涯的时间中
我，诗人，只向自己效忠

——《病毒》

本来没有想要写这篇序言。在这本诗集编竣的时候，我觉得自己没有什么话，是在出版这本诗集的时候非说不可的。那也就不必非要写篇序了。

这本诗集从编好到现在，也差不多一年的时间了，还没有出版。不幸的是，我们所有人遇到了这场传染力非常强的瘟疫，没人敢出门，我也在家里自我禁闭一个多月了。

在这一个多月里，时间充裕了起来，便开始读书和写作。自从我开始创建出版公司，已经有好多年没有这样长时间地停下来，慢慢地看书和思考工作之外的事情了。这次的意外反倒迫使我重新审视自己。

最近不到两个月的时间里，我大概写作了 150 多首诗。另外作为消遣，还写了将近 10000 字的小说。这种爆发式的旺盛的创作欲望，在我最近的几年时间里，是从没有过的。而且作为严肃一些的创作来说，我认为最新写作的这些诗歌更为成熟了。我完成了一个写作心理上的蜕变：抛开那些禁锢，甚至是所谓“先锋”“创新”这样诱人的词语对于自己的禁锢，开启一种毫无目的、泥沙俱下的写作。

这样的一种心理蜕变是从哪天开始的？应该是有一种渐进的轨道的。

我曾遇到过很多次写作的不通畅感，然后把自己的写作逼到一种失语的境地——就是说，如果一直按照当时那样的观念或者方法写下去，我自己心里会有个声音在高声抗议：这样的写作还有什么乐趣？

那就不如不写了！

我说的不是写作的意义，而是写作的乐趣。写作是一定要为自己的乐趣而写的，如果你是有什么美丽的东西要呈现出来的话。我说的也不是有话要说，而是有东西要呈现。文学、艺术就是这样的一种东西，你甚至并非是有话要说，你很可能仅仅是觉得自己建造了一座通天塔，或者仅仅是用泥巴捏出来了一个歪歪扭扭的小土屋。你就只是想把它呈现出来而已。哪怕是没有人和你分享也没关系，哪怕是只能自己经常把它拿出来看看也就觉得挺好的了。

这于我而言，就是诗歌创作最近对我展开的秘密。以前我可能也是知道的，但并没有真正的体会，就是文学的这种玩具属性。当生命在玩味你的时候，你也在玩味生命。宇宙的守恒是无处不在的。

说得更直接一些吧。

我们的创作和一个玩具匠人的创作并没有什么不一样的，都是在用有限的时间打磨、打磨、打磨。只是我们所用的材料是语言文字罢了。我们所解决的问题也是一样的，通过这种打磨，挖掘或塑造出某个形象，最好它是独特的形象。

如果你幸运一些，你本来打算创作的这个形象拥有了生命，成为和你一样的存在。甚至更幸运一些，有些文学形象成了比“她”的作者还高级的存在。这就是创作中的惊喜。

说回到我自己写作中遇到的问题。

这一次的失语，一定是令我感觉憋得太难受了，某一天我就听到了自己内心里的某道墙，“咔”的一声洞开了。并没有产生特别大的动静，但它开了条路，让我觉得自己心里舒畅得很。

也许就是在那个晒着太阳的午后吧。

元旦后第三天的那个午后，我曾看着自己工作台的桌面，写过这样一首诗：

瓷笔筒。

枣木杯垫。

铜香炉。
陶土做的鱼化龙。
从日本来的铸铁的小狗、小猫。
有一颗美国芯的苹果笔记本电脑。

我不知道它们在我的桌面上
是不是也拥有生活?
但在鸡翅木的桌面上
我看到一个个漩涡。

那大家的遭遇就都一样了
不管你来自哪里
不管是在阳光投注的日子
还是在阴云随机变幻筹码的时刻。

有人选择在鸡翅木的纹理漩涡之外
伸头探脑地描摹
而我要跳进来写。
并且必须像一个浑蛋那样
写下去。

于是在这种旺盛的创作欲望的支配下，在时间足够到无聊的情况下，我觉得也许在出版这本诗集的时候，可以说点儿什么。

《那天晚上，月亮像一颗硬糖》这本诗集，最初收录的大概是我从 2000 年到 2018 年的诗，在选择上，选得比较“清新”“唯美”。我还有一些质地硬朗、粗粝和略带冒犯的诗歌没有选入，那些诗我会另外结集。在这本诗集正式出版之前，我又调整了一遍，补入了几首 2019 年和 2020 年的作品。

从公开出版的角度，这是我的第一本诗集。

我在 2001 年、2002 年自己印过两本诗集；2003 年，《天地人诗刊》以专刊的名义给我印过一期诗歌专号。

这些东西，我大都找不见了，连同我的很多诗歌，也已经找不到了。从某种意义上来说，本身也可能就是它们应该散佚了。

我的第一首公开发表的诗歌，是在 1998 年，在一份校园诗歌报上，那是高中二年级。后来也因为在一些刊物发表诗歌，而结识了一些少年诗人。其中有些至今仍在联系，仍是好友，也许会是一生的朋友。

2000 年我到西安去读书，开始上网，在网络“诗江湖”时代认识了一批现代诗人，也开始进入中国现代诗的一个黄金现场。那时我与李傻傻、西毒何殇、吴默、崔澍等成立了“五角星诗社”，在网络上建了“解放”诗歌论坛，与很多年轻的诗人开始建立起诗歌的友谊。

这本诗集没有按照时间顺序来排列诗歌，诗集中所选的写作时间最早的一首诗是《冬天，凝固的河流》。这首诗写于2000年冬天，可以看出我当时受诗人海子的影响很大。

2008年到2011年期间，大概有3年多的时间我中断了诗歌写作。

主要原因是我的内心对于写那种朦胧的、故意充满歧义的词语和诗句开始了抗议：写作这样的东西，到底有什么乐趣？你真的觉得写作这样的东西有发现的惊喜吗？

事实是，并没有。乐趣和惊喜都没有了，但当时又没有新路。

2011年秋天，毫无缘由地，我又重新开始写诗。是生活中的意象唤醒了我。

我觉得我天生应该是个诗人。

1991年，9岁的我在与世隔绝的村庄里，看着黄昏天边的霞光一点一点落下去，会无缘无故地感到孤独，想要在小学的作业本上写下些什么；1995年，13岁的我，听着夏日清晨的雨水和蝉鸣，开始偷偷地写诗，想抓住那种感觉；1996年，14岁的我，在冬夜的荒凉雪地里，遇见一轮像磨盘那么大的白月亮，也会独自久久地坐在寒风中而胸腔发热。

虽然从来没有人告诉我诗应该怎么写，但生命中一次次呈现的意象在呼唤我。那时候除了教材里的几首诗，一个乡村、一座小镇甚至封闭到连北岛、海子、顾城都不知道，更遑论其他。

2011 年的那个秋天，我被人世间的意象再一次叫醒，又开始中断了三年多的诗歌写作。

这次我希望我所写的诗，不再是故弄玄虚的词句的组合。而是每字每句都很清晰，在那诗歌的背后则是一个个鲜明的意象，而那些意象之间又能够建立起戏剧化的张力。

后来我自己把它们叫作：意象戏剧。

比如这本诗集里收入的：《人间四季》《悬崖》《中国深秋》《我接到了树木的辞别信》《人海》《钓梦》《春兽》等等。后来我所写的诗，总是在有意无意之间开始建立起“意象之间的故事性”。

更有故事性的是《狐狸家的女儿》和《骷髅酒杯》这种，甚至在写的时候，因为旺盛的表达欲，它们成为介于诗和散文诗之间的形体。我不知道它们有没有意义，但我写得非常真诚。

2012 年我就想为自己出版一本诗集，但也是这一年，我开始了创业。

直到 2018 年年底，我才开始腾出手来，尽心尽力地为自己编一本诗集。

这么多年过去，我感觉，写诗按照谁定下的道路来走都不合适，无论那道路是大路还是小路。至少于我是如此，我只能写我自己觉得想写的诗，哪怕是格局小的诗，哪怕是毫无俗世价值的诗。这也是我自己的道路。

我可以认同很多人写作的道路，但当我自己去走的时候，我还是要走在令自己念头通达的那条路上。

如果诗人的写作不忠实于自己，那还做什么诗人?

当我开始写作
把手按在诗册上
我已经做出宣誓
在浩无际涯的时间中
我，诗人，只向自己效忠

——《病毒》

当这本书出版的时候，新冠肺炎的疫情可能会过去了。希望我们所有人都安好。

我们活在这个世界上，一定是宇宙中最动人的意象的一种。

张进步

2020 年 2 月 24 日 于北京

01

山峦是大地之卵

被春兽拱裂

淌出了溪水

亲爱的，你们从哪里赶来

初春，清晨的花木

在我周围
你们
悄悄地戴上了叶子和花
并甩动了柔臂
奔向我

亲爱的
你们从哪里赶来
气喘吁吁
还香汗淋淋。

早 春

我从地铁里
钻出来

外面下着小雨
满大街拱动着
发芽的脸

春 日

太阳母兽
诞下一群麟儿
全懒洋洋地
摆弄着万物

春 兽

一千头
一万头
一百万头
一千万头
汹涌而来的春兽
拱动着

拱动太阳
太阳是天空之卵
被春兽拱裂
淌出了和风

拱动云朵
云朵是海洋之卵
被春兽拱裂
淌出了细雨

拱动山峦
山峦是大地之卵
被春兽拱裂
淌出了溪水

拱动花蕾
花蕾是树木之卵
被春兽拱裂
淌出了香气

……啊香气！
这新酿的春药

一千头
一万头

一百万头

一千万头

一万万头

越来越多的春兽

被春药唤醒

噼噼啪啪

到处是卵壳

被拱破的声音

万水千山

万紫千红

恣意流淌

海 棠 花 溪

（五月，夏日驾临。我辞职在家已两个月，每天到海棠花溪公园闲坐。人与一个地方熟悉起来之后，才会真的明白一个词：渐入佳境。）

从小区出门

穿过一架天桥

阳光推着

影子

这时往北走

从华联商厦旁边的巷道

穿过一间一间

的早餐店

的烟

这时往北走

从槐花开了的五月
穿过一树一树
拥挤的
白种居民
这时往北走

在一个水果摊旁
是十字路口
穿过车流
以及车流
这时往北走

走进一个小区
在一棵大树下
长椅上
坐几分钟

这时往北走

再从小区出门
穿过一条总被树影
弄花妆容的马路
斑驳的
这时往北走

穿过一道土堤
树木的墨汁
滴了
喜鹊们一身
这时往北走

穿过一座桥
这是野鱼群的领空

河水
耸起细鳞
这时，该往东走了

穿过一片
毛发浓密的
海棠树，在另一片毛发浓密的海棠树下
有一座高台
这时往上走

　　　　梯
　　　梯
　　一
　上
爬

石头台阶
影子的佛陀
寂灭于树荫的深洞
这时我不走了
一切向我走来

在厦门

天气热，雨水足
有茂盛的树木
结着多汁的水果
在厦门

出门看到大海
我天天出汗
本是一路追逐海的气息而来
没想到自己反倒先涌出了海水
在厦门

一到夜里
各种生面孔的昆虫
就会追逐我的北方气味
在厦门

它们给我重新定位
把我当成一枚
从北方运来的
鲜嫩多汁的肉果子
呼朋引伴——

“快来尝尝呀！
这家伙来自异乡
经过霜雪
味道不错……”

秋 天

在金叶铺满的路上
生活着一群贫穷的树

我 接 到 了 树 木 的 辞 别 信

我接到了树木的辞别信
在秋天
叶子纷纷变回泥土的颜色

我知道这辞别后会无期
明年的树叶再不是今年的树叶
就像亲人
就像我

奶奶去世的那年
我也曾接到别离的信函
出殡那天下着大雨
这世界对我说出了一直隐藏的秘密——

多年以后
当肉体回归泥土

我的灵魂也将飘荡在大地的上空
经过故乡和异乡的河流湖泊森林草原海洋山峦
一想到这些年人间的事情
大雨倾盆

中国深秋

一个人头发黄了
在风里晃着木头脑袋
他伸出没有结果的十指
山河就消瘦起来

一群雁出门赶考
在枯藤老树的金殿里
提笔写下：
光阴骑着古道瘦马
它一去不返
像离弦的箭
射中了正在刮西风的秀才

深 秋 即 景

扫黄人来时
树正在脱衣服

冬末的村庄

道路的叙述是曲折的，当村庄
染满黑的白的冬意。非常突兀的
你走进一幅被天空摄下的老照片
哎呀，你的恍如昨天的经历
像一截横在面前断开的老木头

接下来的场景让你措手不及：你
似乎还没有卸下楼房的压抑
隔河的柳就不声不响地铺开了

扑棱一声，一只寡居的雀子
从荒草间拉出一条弧线，让贪玩的
孩子想起去年偷偷溜走的风筝
此时正在哪个角落里孵出一窝好梦

黑着脸的一棵棵厚皮老树，时不时地
把手指伸向远处。你千万不要
费尽心思去猜测它的哑语
谁没有一点小小的心事放在心里呢？
更不要动不动就把春天挂在嘴上
她的唇会像情人一样让你酥软无力

冬天，凝固的河流

站在两个村庄的边缘
凝固的河流是
一位苍茫的时光守望者
（岸边，几只白羊
注定在季节的荒芜中疼痛）

白发苍苍的芦荻。在秋季
她们曾怀旧地吟诵《诗经》
而一个季节是一千年
或者更远
现在她们沉睡在冰雪上
遥远的回响敲击她们的梦

我不是上个秋天的泉水
痛哭流涕
在平淡或沉默中度过一生

没有爱情，大雪是苍白的
在寂寞情人的怀里
冬天是个失忆的岛屿
青铜的节律不响
火焰被尚未谋面的花们隐藏

只有鸟群，在天空写着象形文字
洞穿这个世界的唯一姿势
被命名为飞翔

冬天的歌谣

寒风中脱去手套的树
伸出那么多的手掌
在向什么敬礼

雪夜里垂下目光的路灯
弯下柔美的腰肢
在向什么鞠躬

枯枝间留守荒野的麻雀
咧开一张张小嘴
在对什么呼喊

冻土上盖下印章的高楼
慎重地签署了约定
在为谁保守秘密

此刻

那无中生有的存在

正在黑暗中默默地

造嫩芽

造花苞

树

冬天
它是枯骨

春天
绿色新坟

夏天
袅袅青烟

秋天
撒着纸钱

人间四季

那年春天
我在村头的小河边
点了一把火

它烧了整整一个夏天
连城市窗外的那只鸣蝉
都被大火烤黑了

现在
火焰已经熄灭
只余下灼烧的红炭
还映着秋日的远山

到冬天
恐怕就只剩一堆白灰了

风猛地一吹

冷冷地

扬撒成漫天大雪

02

经过的人遇到我

敲了敲我那染满青苔的

石头的心

有蟋蟀，在啃月亮

清 明

春天，草木生长
我从万物中路过
去岁死去的种种
都从地下伸出手
拍打着我的脚掌

返乡

野画眉的鸣叫是无心的，
而我，忐忑。

当冰雪化为了酥土，
二月的丘陵在细雨里醒来。
故乡，你看到我，
依稀旧时模样。

林 荫 路

九岁那年
父亲从城里
买回过一幅画
挂在墙上——
两排茂盛的行道树
夹着一条小路
路上走过安详的人们
那是我这个乡下少年
拥有的第一条道路
虽然路很窄
树荫那么浓
在那么浓的树荫里
也有藏不住的斑斓光点

中 秋 夜

循着“唧唧”声
走出门

有蟋蟀
在啃月亮

山 居

那一年的十一月
我到山里去拜访好心情

霜雪已黄昏
树木尚未掩起大门
一轮山月
点乱一路灯火
在暮霭里
山色空明

我像一个山居已久的人
与虫鸣为邻
与草叶为邻
与纵横的道路
与交错的时间
与往来的鸟雀

成为近邻

经过的人遇到我
敲了敲我那染满青苔的
石头的心

旧 时 光

有时候，
天突然黑了，
我守着自己的窗子，
一心想看清远方
到底有什么东西。

一轮磨盘大的落日，
从眼前碾了过去。
我努力不让自己心慌，
伸手在空中慢慢地擦拭。

黑暗中的残章

醒来的时候，
沉睡还在
慢慢地抚弄它的波纹。
隔帘的微雨不出声响。

一列旧火车，
驮着一节一节的回忆
开过来。
漏斗状的时间，
轻轻地扬着它的灰。

你 已 不 在 此 间

——悼念李成岁老师

三十岁后
信了鬼神
才觉得你还在
是不是还有
那个学校
以及那座讲台
已不重要
重要的是
你我师生
还可对话

时间像一张砂纸
打磨掉了
太多边边角角的东西
好些事情
已不记得了

也有些事情
愈发清晰
——却也不想说了
你已不在此间
说也没意思
但如果你还在
我又不会说出来

十七年前
做你学生时
我年龄尚小
并不理解你
十七年后
就理解了吗

在这世上

人自带孤独以行
想想你常抿起的嘴角
就觉得你
肯定同意我的话——
也许理不理解
并没那么重要

没有什么
是重要的
除了建起
那座通天塔
让逝者的光明
常常自塔顶
照耀下来
在我们居住的

这片汪洋大海上
在我们被黑夜
统治的时候

话虽如此
还是有太多的
事情无法放下
也总腾不出这
奔忙的肉身
说好的要去
为你扫墓
也一拖再拖

当你去世的消息
在很久以后

我才听到
那已经让我
非常内疚了
而这一拖再拖
更让这种内疚
无以名状

我只好在今年
中元节的夜里
在远隔故乡
一千余里的街头
烧一捆黄纸
寄给你
除了大概的地址
纸上未着一字

人 海

夜色如水
从礁石状的楼群
和水草般摇摆着的树木间走过
我一直忍着，忍着
不敢开口
生怕天上那弯新月
把我钓起来

悬 崖

我的祖父是海
祖父的祖父是海
我的祖宗是海
祖宗的祖宗是海
我的老祖宗的家族是海
我的整个种族是海

此刻
只有父亲和我
各自坐在海边的悬崖上
垂钓
看着夕阳
那轮巨大的鱼漂
起起伏伏
钓着钓着
我们都会被钓进大海

我的父亲是海
我是海
我的儿子是海
我的孙子是海
我的种族子孙万代
和老祖宗们站在一起
在浩瀚的族谱上
是亿万里波涛澎湃

只有悬崖上
坐着我那孤独的后代

唯 有 风 不 朽

唯有风不朽
吹过荒草
荒草俯首称臣

唯有风不朽
吹过河流
河流长出皱纹

唯有风不朽
吹过树木
树木推动年轮

唯有风不朽
吹过光阴
光阴撒下灰尘

唯有风不朽

吹过人群

人群堆起新坟

角落的向日葵

你见过指甲盖大小的向日葵吗
在我家阳台角落的废弃花盆里
它不知从何而来，伸长了脖子
匍匐前进

它没有往高处去
它的方向是对的
有一天早晨，我看到它出现在阳光里
花蕊像金色的汗毛，轻轻地喘着气

03

某年月日
草木用藤蔓在山中写字
风偶尔前来磨墨
留下雨水一池

群山相遇之时，彼此拱手作揖

孤 独

群山相遇之时
彼此拱手作揖
草木便苍莽起来
从此那些草本的木本的灌木的乔木的
圆叶的长叶的针叶的心叶的
也都安心住了下来

鸟是后来的
是谁投斯鸟于斯山
亦如是谁投斯山于斯地
全无注解
鸟们偶尔举起翅膀
在草木中穿行
唱些山水的腔调
仿佛从来都在这里

某年月日

我也来到此地

看群山迭起

而顿作孤独之思

我是否就是此山绵延

背空而坐

沉思而无语

拱手作揖

揖向茫茫天空天空空无一人

某年月日

草木用藤蔓在山中写字

风偶尔前来磨墨

留下雨水一池

我是否就是此木莽莽

在岁月里

试图书写无稽的历史

某年月日
我被谁放逐于此生此地
我是否就是此鸟嘤嘤
在山中度过露水一生
前生往世概不过问
唱着此山的腔调
便做此山的主人

玻 璃 窗

午夜时
灯把它当作镜子
世界真黑啊
我看到一个
从里面走来的自己

夏日午后

那个夏日午后
我被体育老师
从队列中揪了出来
在操场旁的草地上罚站

大太阳下
我盯着自己的影子
看它随太阳的移动
慢慢地画着弧线
像一根表针

当它越画越远
我看到远处其他人
他们在太阳下
也都变成了表针
整齐地排列在一起

画着弧线

只是，在那么多的表针中间
唯有我的弧线
画在荒草上

寻 找

我知道此刻，
你一定也在寻找我。

钥匙的孤独，
和锁的总是一样深。

四 月 八 日

一场小雨在净洗。
清洁工的傍晚，
桉树叶遇上了微风。
天色暗下来，
明明灭灭的寂寞遂点燃了。

蓦然惊醒的一日

没有人来打扰我，
我也陷入了沉寂。

隔门的人声空留下外壳，
被我的时钟一敲，
丁丁地响起。

不声不响的生活

想想那些鸟吧，
在傍晚或者黎明，
飞来飞去，
都挺好的。

应该就那样，
长着一对翅膀，
在空中飞来飞去。

如果你们害怕看到
那样长翅膀的我，
我觉得我可以一个人
不声不响地生活。

卵形世界

孤独紧挨着孤独，
像我紧挨着你。

同每一个精虫一样，
我卵状的世界空旷辽阔，
且没有回音。

0

漆黑的楼道
电梯的
红色指示灯
正在倒数
……8、7、6、5
4、3、2、1

“没有 0”
我想着
电梯门打开
一个
空洞

钓梦

坐在床边
我要钓一尾梦
咬钩了
咬钩了
我躺了下去

献给黑蘑菇

黑蘑菇，

长在高高树上的黑蘑菇。

黑蘑菇很好看，

我相信

它经过风沐过雨。

我看到它，我加入它。

礼 物

去年生日
我收到一盒礼物
当我把盒子揭开
里面是另一个盒子
另一个盒子揭开
里面还有盒子
一层层盒子里面
装着珍贵的礼物
那一刻我突然安静下来

在身体之外是衣服
衣服之外是房子
房子之外是地球
地球之外是太阳系
太阳系之外是银河

而在银河之外呢

我们这些人

是怎样被一层一层小心地装好

又被珍重地放在了此时此地

好日子里总有一只猫

有一次
我们说到猫
相谈甚欢
她说起她养的那只
名字叫尼古丁
忽明忽暗的眼睛
在她的手指上
含烟

第 三 十 二 首

天黑了

人类得用多么深沉的睡眠

才能打破这么巨大的沉默

无 题

你难过的时候
就喜欢在纸上
一个接一个地写“悲伤”

有一回写完
你把“悲伤”举了起来
这密密麻麻的悲伤
在你眼前透着微光

在我的宇宙之外

一想到宇宙这么大
一想到我就生活在这么大的宇宙里
一想到我是这大宇宙的一部分
一想到我自己就是一个宇宙
一想到我体内的红细胞是红星球
一想到我体内的白细胞是白星球
一想到红星球是太阳照耀
一想到白星球是月亮照耀
一想到红白星球交替的白天和夜晚
一想到在我的宇宙里不同的生命们采集着光线
一想到我却永远只能生活在我的宇宙之外
一想到我在我的宇宙之外也采集着光线
我的宇宙就安静下来

诗有何用

本以为我们这圆圆的地球
是个句号

现在发现，它只是
问号下面的那个点儿

夜里，焦虑拿着刷子

夜里
焦虑拿着刷子
提着桶就来了
先是在我的心窝上刷
要给那里糊上
一层硬邦邦的东西
我用手拍拍胸口
它们被惊动了
一溜烟往上蹿
踩过我的锁骨
踏着我的脖子
跳过我的嘴巴
又蹬上我的鼻子
攀着我的额头
一直来到头顶

在这个夜里
我的头发一棵一棵一棵一棵
被这个行军的队伍
碰撞得轻轻颤栗
现在它们拿着刷子
蘸饱了白颜料
漆我的头发

人间访客

上午飞来一只灰鹤
在我的桌上扑扇翅膀
不停地走来走去
松针一样的时间
在我面前回荡

中午到来的客人是金钱豹
阳光洒在它的皮毛上
如果不是在中午
真让人怀疑那是不是
万家灯火的楼群里
一个个窗口的闪光

下午的流水
带来一头蓝鲸

在我山河成寸的茶海上
鲸鱼吞吐着
亿万里狂涛骇浪

傍晚的白鹿跑得太快
在夜幕还没掩好
最后的那缕红光时
它已经成了天际
最亮的那颗星辰

这时候
如果你遇见我
我正坐在
众生之巅的暮色里
一脸万物灵长的迷茫

李白诗意·燕草如碧丝

当那个名叫
燕草的女子
倚在栏杆旁
肝肠寸断地
在风里吐露
她的情丝时

那个名叫秦桑的男子
也在塞外的寒风里
垂下了他的枝头
有一只蚕正在
啃食他心形的叶子

李白诗意·云想衣裳花想容

云在想念自己的衣裳
花在想念自己的容颜
它们都被一个女人借走了
那是在某个春日的午后
她一借不还，花枝招展地
在风中探出了宫殿的栏杆

云脱掉衣裳就是雨
花摇落容颜就结子
这一切都和男女之事相关
现在说到了这个男人
他在君临天下之后
又登上了群玉之巅

这一对男女啊
在月光下的瑶台上
仅靠着一口露水止渴

04

修了二十年

我依然有一座

迟迟修不好的

站台

这几年，我没办法拥抱自己

这 几 年

这几年
我没办法拥抱自己
我的身体里有条命
见什么吞什么

这几年
我沿着一条曲线前行
那是我在地上画出的抛物线
所抛之物是我自己

这几年
我睡不好觉
以致我常常忘了
自己正坐在夜里

黑夜就从我的脖子里
咕嘟咕嘟地冒上来
我就这么黑黑地黑黑地
吐着墨水

海底

我对一个朋友说：
“你的内心真是清澈。”
而我的内心，已经浑浊——
不，那只是我蓄意经营的海底
它也清澈，但布满了
水草、尸骸、粪便、珊瑚和礁石
时间还给它投下了一些
沉船、瓷器和金币
我在心里养着鲨鱼

我 看 着 镜 子 里 的 我

我举起左手
拨了拨左边的头发
镜子里的我
就举起了右手
拨了拨右边的头发

我看着镜子里的他
他也看着我
我闭上了左眼
他就闭上了右眼
我又闭上了右眼

他不见了

神 灵

我从未见过你们
可我知道你们一直都在
默默运行
如同天体

生命中的大多数时间
我不会想到你们
当我想时
痛苦往往已先来了

是的，我的
心
肝
肠
胃
脾

肺

肾

骨头

和血液

以及，和你们一样

隐藏在暗处

支撑着我的一切存在

这首诗为你们而写

在无常的痛苦降临之前

浮来山·定林寺

清晨入古寺
燃香一炷
佛曰大吉。

老银杏树喑喑
玄机重重
它说：风雨
它不轻言风雨。

数声晨钟
推着老树
的年轮碾过
树下
游人如织。

而谁家香客
又点青烟？
时为苍狗
忽而白云。

浮来山·竹林

而它是青青的
而我是匆匆的
而我们相遇了
而我们没说话

定时炸弹

它埋在我身体的左侧
时刻发出声响

我早已经习惯
把它叫作心脏

小 火 车

九岁时
迷恋而不可得的
那列小火车
还在呜呜地鸣笛
向我开来

我今年二十九岁
修了二十年的站台
我的小火车
也努力哐哐地
哐哐地开了二十年

在黑夜和白天
不停地晃动着车厢

修了二十年
我依然有一座
迟迟修不好的
站台

光阴

时光是一部老式印刷机
咔嚓咔嚓的
世界是一张泛黄的纸
在眼前铺开茫茫无际

咔嚓的声音每滚过一次
纸上就多了一排小字
咔嚓的声音每滚过一次
人类就丢下几具尸体

等待黎明的人

黑暗中
我悄然醒来
又是新的一天
但黎明还没来

我坐起身
在黏稠的黑暗中
仿佛落入虚无

一个吞噬万物的胃袋
一个无限巨大的熔炉
一个铜墙铁壁的敌人
一个威风八面的盾牌

我侧起耳
听了听黑暗的声音

如击败革的沉闷

我伸出手
试了试黑暗的温度
有着棺木的冰冷

我睁开眼
看到黑暗的形状
哦，黑暗长着马的头颅
却是鹿的身体

我摸索着起身
沿熟悉的路走到窗前
这已是新的一天
有人在街灯下行走
像是去赶赴一场约会

众 生

既然选中了我
我就不再犹豫
我驾着肉体
满世界
飞驰

我读书
旅行
写信
做梦
看落日

在坏天气里和爱人打仗
在好天气里与敌人拥抱

混迹于众生

筑造的丛林
做梦时看落日
看落日时做梦
既不知来
也不问去

失眠者

黑夜埋伏在
我身体里
一遇到光
黑色素就在皮肤上
骨朵骨朵地
开起来

隐 居

车流
听久了——

像瀑布。

有只猫在花园里唤我

黄昏时，有只猫在花园里唤我
唤的不是我的名字
我坐着，影子
像一根因燃烧而垂下头的火柴
落日“哧”的一声轻响
擦过地平线，瞬间
点亮了地球的另一面

三 十 岁

夜深
躺在床上
突然
听到漏水声

我全身的孔洞
无一例外
皆随之张开

人们列队等候我的到来

人们列队等候我的到来
他们背着双手
把答案藏在身后
如果我带来的是胜利的笑容
他们会伸出一只手
为我送上怒放的鲜花
如果我悲伤地垂下头
宣告我的失败
他们将举起另一只手
——以便掷出手中的石头

堵

周末我们坐车
到山里去
刚走了十分钟
城市的高速公路
就开始堵
车一动不动
人开始躁动
天黑了，车
还是一动不动
人们的躁动
逐渐沉淀下来
沉淀下来
终于沉淀成厚厚的一层灰
越来越厚的灰土
掩埋了
人们的脚踝

人们开始扎根
有人长成了四处张望的乔木
有人长成了密不透风的灌木
有人长成了左右摇摆的狗尾草
有人长成了苦着脸的野菜
有人结着让人想入非非的浆果
有人长成了勾肩搭背的蔓藤
公路，也被灰土掩埋了
公路上的大车和小车
也被灰土掩埋了
它们统统被掩埋成一个又一个的山头
在无涯的时间中
突兀着
起伏着
向远方延伸，延伸
一直延伸到天空

天空，也被灰土掩埋了
天空中的星系和星云
也被灰土掩埋了
它们也被掩埋成了一个又一个的山头
我在黑暗里默默长成了一棵红松，越长越高
越长越高，穿透了车顶
穿透了混沌的天空
只见眼前密密麻麻
都是草
都是树
都是茂盛的植物
在一个个大大小小的山头上
我们被风吹动着
进不来
出不去

街景

傍晚
一个疯子
把头插在
垃圾桶中
翻捡食物

似这座城市里
一个断了钨丝的灯泡
无论怎么接通电源
也无法照亮
黑暗

夜幕降临，华灯初上

挤地铁的人太多
我几乎是
旋转着
被人推进去的

刚站稳
就听见身后
“咔”的一声
一切进入吻合状态

灵光一闪
我突然间
亮了起来

近 况

关于近况，想了很久也不知道该说什么，
那就算了吧。前年在青岛海边，我曾见过这样的情景：

在一望无垠的蔚蓝中，大海默默地吞咽着脏水。

道 路

疤痕

习 惯

出门前
我总是会拉开窗帘
花几分钟时间
观察街上的行人

然后再决定
穿上什么衣服
走入人群

山坡上的村落

从日月潭
去阿里山的中途
坐在车里
远远就看到山坡上
躺着一排排房子

车行到近前
我才看清
那是一个个
精致的庭院
白色的院墙
红色的廊厦
朱红的廊柱
颜色杂乱的房屋
和

黑色的墓碑
在阳光下拥挤着
同人世的村落
几乎没什么两样

只是——
人死了
一切就都小了
村落里的每个院子
都只有
一张床那么大

洗 澡

晚上洗澡的时候
水流冲下来
我突然感到右肩头
疼得厉害
侧过头看了看镜子
那原来有棱有角的肩胛骨
正在被磨平
左肩的肩胛骨
是几个月前已经磨平了的
眉骨、颧骨、鼻梁骨、下颌骨
老早就圆润光滑了
前两年在外头跑动多时
双臂、盆腔、双腿、脚踝
也已经磨平了
连手指骨、脚趾骨也不例外
于今，只有胸腔那里

还横亘着几根肋骨
偶尔刺刺的
不肯平顺

明 亮 的 下 午

我从商场出来
侧前方是个打电话的女孩
满脸笑容，明亮得
把我眼睛都快晃花了
她一直走在我的前头
一直不断地重复着：
“好呀！好呀！”
“好呀！好呀！”
“好呀！好呀！”
走出去老远，我的脑子里
还有个明晃晃的东西在
反复“好呀好呀”地擦拭着
好像要把这个
生锈的下午
擦亮似的

角 色

我还是辛苦地扮演着我
连辛苦都演得毫无破绽

钉 子

在我看来，
到处是缝隙。
迟钝的暮光，
听我向你慢慢道来：
生活它不是幼兽，
那么是不是
让我们避开伤害——
隐忍在体内的
一小截铁锈？
而我注定躲不开，
它如此强大。
我遇到了，我承受。
我伸出手去，
不仅仅是为了打开。

身体里的歌声

年老的中医说：
你身体旦有风。

话音未落
牛羊吃草
风车发电
水面蹿出了鲤鱼。

感 动

我在这世上遇到的动人的事物
背后总是站着某个人或某些人
有时候我刚以为后面没有人了
却在背后看到满目泪光的自己

大 风 天

我奋力地走在
怡乐北街
街边巨大的垃圾桶
突然被风推倒
一匹红色玩具马
径直向我跑来

人 间 沧 海

冬夜
一个个
窗口
用灯火
给楼群
画上了
闪亮的
鳞片

05

我写过的最好的情诗
曾是一支预言
我在寻找着
正在寻找我的你

湿漉漉的月亮，为它铺开道路

大海是一匹蓝兽

大海是一匹蓝兽
对我露出白牙齿

湿漉漉的月亮
为它铺开道路
那么遥远而崎岖

我突然深深悲伤
想骑着大海去看你

小 花

突然有些内疚
我曾让她一个人
在黑夜里漫长地等待

那时候的影子在我身后
像疼痛的尾巴
开着淡白色的小花

深秋小记

连鸟类都知道
要到南方去过冬

我也要如此
朝你的方向飞去

许 愿 符

好想有个人看着我
走过那条马路
目光羞涩而深深

不管是阳光如金箔的清晨
还是阴云像悲苦的黄昏

剪

他剪一张纸，用心地剪
他剪纸上的字，用心地剪
他剪伤了下午，下午的纸，纸落下
他剪伤了下午，下午的字，字落下
他剪伤了下午，下午的手，手微抖
他剪，他剪，他的剪刀绕过一个人的名字
名字没有落下。名字在受伤的纸上；
纸在受伤的手里；手流出了心的血。

折 纸

小白鹤要起飞了，亮开双翅，昂起头
在手掌的树梢上，跃跃欲试。

亲爱的鹤啊，见她问好，话莫多讲
一定要记得嘱咐，把我的心里话说出。

这 些 年

是不是我这样说过 谁谁是我的 2000 年 2001 年
2002 年 2003 年 肯定是我在心中曾暗暗提起
记忆的灯才一直亮着 我的女人都木头了
她们站着 坐着还是躺着 泪着或者笑着 痛着
那我也不妨谎言吧 像没有面目之诗
那我也准备献身了 为你 那时候我走在荒郊遇到你
你的身体盛满湖泊 你不是我的 你是雨的 欲的
只是一瞬 我想 就这样吧 胖蜂还有春天
何况我已准备得差不多了 就这样
作为饵我成功上钩了 可并不钓 只是衔着 闲着
随手轻轻地拂乱了你额上的发 这么一说
我还真想起来了 在那时我还没有亲够你
那些阳光为什么总是热呢 匆匆地闭了窗子
真的没想到 这竟然也是一种谢幕 这些年
我翻山涉水 南来北往 东跑西颠 可还是
不能够狠狠心 把你一个人撵下我的船去

既然如此 我们便挂念吧 暧昧吧

实在没办法就夜里吧 坐着吧 听风推窗子吧

音乐吧 焦虑吧 相濡以沫未若相忘于江湖吧

醒 来 的 岁 月

它埋下的暗雷并未炸响
你抚过的划痕已然成疮

半枕月光
半枕寒霜

浮来山·老藤缠树

这些年来
我等你
心软。
我抱着你
你不挣扎
也不言语
我的心
随你 绕来
绕去
它曲了。

短 歌

月光有千言万语
在我的窗前——

心事重重
不着一字

回信

你寄来的那纸秋凉
我已经腌上了

它沉没在我的抽屉里
渐渐入味

尘 灰

他在照镜子时
照见了她的好

那面镜子上
积满尘灰

浮 生

我的挣扎终于失去力气
一个浪头让我下沉
再从天边浮起。

你开始住在我
回忆的漂流瓶里
对你来说，我也是

我们终于失散在茫茫海域
我往天边寻找
看不见你
你在你的时空里
也无法听到我
埋在浪啸中的哭泣

给

那件事后
我的心里多了个小坑
且——
一想起来就深
一想起来就深
深到泉水流了出来

熨 斗

早晨起来
穿上了那件
皱巴巴的衬衣
妻说：
“我给你熨熨吧。”
我开玩笑：
“不用了，我自已熨。”
——我已经不知道用身体
熨平了多少件衣服
从衬衣到外套
从内裤到袜子
我应该还熨平过床单
在一个个翻来覆去的夜里
肯定也有不服帖的枕头和枕巾
有时候摸摸胸口
似乎还能感觉到
那滚烫后的余温

深 秋

一到深秋我就会想起一个人
看着一树一树的落叶飘零说
整个世界都为我操碎了心

我曾从一场最美的夜色里望向你

——在圣诞和新年之间，写给B

那时候
我还驾着蜻蜓
这世上最轻柔的直升机
那时候
我还不知道
你在哪里

那时候
我写了一封信
给这世界
也给你
我写过的最好的情诗
曾是一支预言
我在寻找着
正在寻找我的你

我曾从一场
最美的夜色里望向你
而你在一只幼鸟的翅上
梳理羽毛

我曾从一场
最黑的夜色里望向你
那时的光明最深
我遇见你的时候
你必然是一首
意象诗

预 感

一

只是开车路过树林
却突然开始想你
觉得每棵树后面
都应该有一个
我们的故事
既然这样
每一棵树
就是一次我想你

二

想到你
像一颗遥远星球
你的光，我能感受到

清清的一点，在我指尖
我刚要合手捏住
它已不见

三

在你之前
我曾想过
你会出现

在你之后
我曾想过
一切都是预感

06

在他的屋檐上
是深秋的夜晚
月亮从屋檐上看下来
像那骷髅嘲弄的独眼

荒野故事集及其他

狐狸家的女儿

在我们村
有一户从荒野里
搬来的人家
大家都说
他们是狐狸精
孩子们从小被告知
不能到他家去

有一年夏天
葫芦花开了
一个年轻人忍不住好奇
走进了他家的院子
狐狸家的女儿
正在院子里扑蜻蜓
见一个年轻人
突然闯了进来

“呀！”

她吃惊不小停了下来看着那从另一个世界闯进来的年轻人很快就高兴起来她和那年轻人彼此吸引聊得非常欢快两人约好继续见面再次见面一直见面直到

某个晚上

那天晚上

月亮

像一颗硬糖

两人相约穿过一片树林一条河流一座河堤一块草地到了一处开阔的打谷场在那里经年累月的麦秸被垛成了一垛一垛一垛一垛像那天晚上的云朵一朵一朵一朵一朵

看着那些云朵

狐狸家的女儿突然说：“我很想带你去看我种在云上的花儿，今天是月圆之夜，它们喜欢在满月的日子盛开。”

年轻人以为她在开玩笑，便也笑着说：“我也很想看你种在云上的花儿，可是我们怎么才

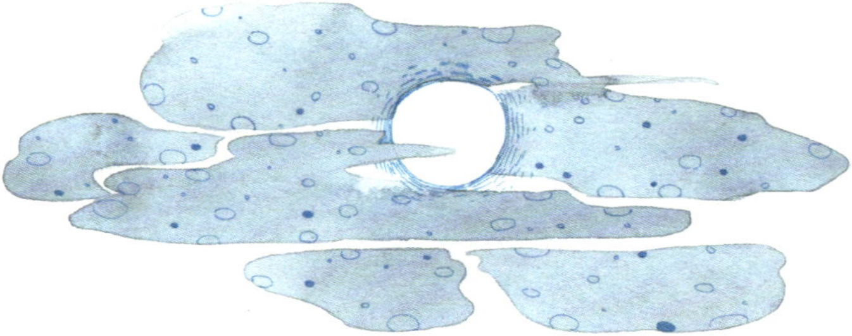

能到达那些云朵上面去呢？”

狐狸家的女儿
微红着脸庞
拉上年轻人的手
红红的嘴唇
轻轻地
亲上了年轻人的嘴

一瞬间两人在月亮下飞了起来飞了起来升上那片无涯的天空天空空无一人只有云朵而在那云朵之上盛开着少女种下的神秘花朵

年轻人睁开眼睛
两人已经来到云上
云上
花朵盛开
花朵旁边就是狐狸家的女儿

“我们家明天就要搬走了，我们来自荒野，还要回到荒野，只希望在漫长的以后以后的以后你都还能记起我记起我种在云上的这些花朵。”

听着这话

年轻人的眼神黯淡下来

“那以后，我还能来云上看这些花儿么？”

“嗯，只要想到我的吻，你就能飞到这片云上来，但请不要来，这里风寒露重，孤独的人在这里让人心疼。”

女孩儿临走

千叮万嘱

让年轻人不要再来

千万不要再来

一开始

年轻人

听从了狐狸家女儿的劝告

一直忍着

忍着

但他总喜欢穿过一片树林一条小河一座河堤一块草地到那处开阔的打谷场上去，在那打谷场上经年累月的麦秸被垛成了一垛一垛一垛一垛，他就总是躺在那些麦秸垛上，数那天上的云朵一朵一朵一朵一朵

终于有那么
一天晚上
他忍不住
轻轻地闭上了眼睛
感受了一下
唇边残留的香气

他飞起来了飞起来了升上了那片无涯的天空天空空无一人只有云朵而在那云朵之上盛开着少女种下的神秘花朵

现在
只有他一个人在看着这些花儿了
他在云上
再也没
下来

狐狸家的女儿
临走
竟忘了告诉他
从云上
下来的方法

骷髅酒杯

"他们生也快乐，死也快乐，杯子里总有酒喝。"
（引自《凯特·克拉克纳特》）

在我们村
有两个比邻而居的老头儿
姑且叫他们
张一
张二

夏天清凉的早晨
露水最多
张一和张二总是提着
湿漉漉
的裤腿干活
有一天
他们在挖地时

突然
从地下挖出来一个白森森的骷髅头，头上

那个黑黝黝的眼眶就像田鼠迷宫般的深洞

另一只眼洞，估计在漫长的岁月里已经迷失——永恒地闭上了

“哎哟！”

张二吓了一跳，举起铁锹就向骷髅头上拍去幸亏张一眼疾手快一把把张二手里的铁锹夺了下来

“多么可怜的人儿啊，死了还不得安宁，被我们从地下挖了出来。我们先把他挪到草丛里，等干完活好把他再一次安埋，希望他能够在地下好好睡上一觉等到下一次雪化的时候，愿他枯白的头颅上也有绿色的嫩苗在春风里摇摆。”

张一用几张大片的心形叶子包着骷髅头
把他放在了田垄旁边的草棵里
后来他们就忘掉了这件事儿……

秋天的清晨
露水显然比夏天多
都要下霜了

茄子们抱着头等待着一生中最没有尊严的时刻这时候燕子

肯定早就飞远了而大雁常常并不打这片荒村路过

到地里干活的

张一

张二

在枯草被秋风梳理头发的田垄里

又一次看到了

那白森森的骷髅头

他那黑洞洞的独眼更深邃了而最让人惊奇的是在他的眼窝里水光莹莹也许是今秋第一场

忧愁的雨水或者可能是早上沉甸甸的露水在骷髅的湖泊里荡漾

“啊，那真像是一杯美酒！”张一叹息着说

“恐怕是哪只野狗撒在里面的一泡尿吧！”张二则撇了撇嘴

那天晚上回到家里
张一掀开自家的水缸准备做饭
发现早起挑满的一缸井水
正在散发着
浓烈的酒香

而比邻的张二也在做饭了也掀开了自家的水缸浓烈的尿骚味盘旋在他的屋子里像一缕缕冤魂久久不能散开

在他的屋檐上
是深秋的夜晚
月亮从屋檐上看下来
像那骷髅嘲弄的独眼

月光下的兔子

在我们村
村后的草莽间
掩伏着一片茫茫荒冢
晚上打这里走过
在月明地里
你会遇到
雪白的兔子
只有拳头大小
这时候
一味地去追
怎么追
都追不到
懂的人
会脱掉鞋子
朝兔子盖下去
揭开鞋子看到的

往往是一些
有年头的玉器
玉蝉
玉戒指
也有玉锁
听老人们说
它们在墓穴里
住久了
经常会偷偷溜出来
换气

草木记

在我们村
人生下来
就得养一棵植物
有人养草
有人养树

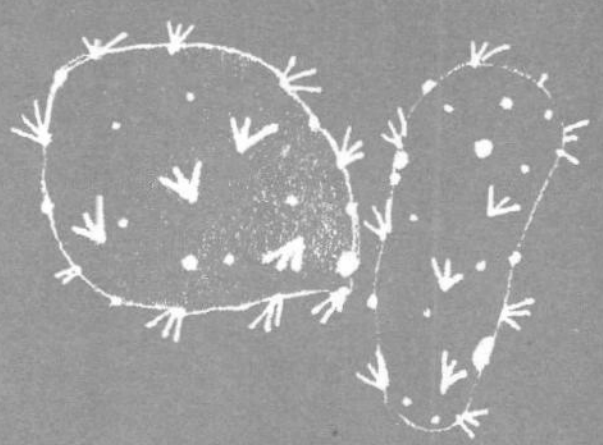

如果这人生命力旺盛
他养的植物就繁茂
如果这个人死亡
他养的植物也会
从根烂掉
化为腐朽

在我家
我爷爷养的植物是一棵黑柳
我伯父养的却是一棵牛舌草
也有养杨树的人
也有人养狗尾巴草
我见过最怪的
是有人养了一株仙人掌
那人脾气不好

我们那的人
生病不看医生
小病就从自己养的植物上
掐一片叶子吃了
再不行就吃树皮

病要是还不好
就得去偷别人的叶子
或者树皮

我们邻居的老头儿
有一回生病了
吃了自己的叶子和树皮都不管用
就去偷别人的
结果还是不行
无奈中
他吃了一条毒蛇
和一只癞蛤蟆
病是好了
只是从那以后
落下个病根儿
成天想吃肉
不想干活

美人鱼

你游过来，在冰蓝之城，宛如飞翔。

一个恍然的眼神。又一个恍然的眼神。红尘中那么多的云朵，一朵开，一朵败，谁还记得分明。谁是又谁非？

仰头，如瀑的黑发纷飞，多像那夜月下的心情——

“风乍起，吹皱一池春水。”

垂首，前生今世多少轮回。

纵然，我刻在你手心的名字，它也抹不去了；你放在我额上的吻痕，它也成了痣了。

可是又能如何？

谁是谁非？

物是人非！

那朵苍白的月亮花就盛开在寂寞的一晚。

蓦然醒来时分，杯中已无新醅酒，脸上还有旧泪痕。

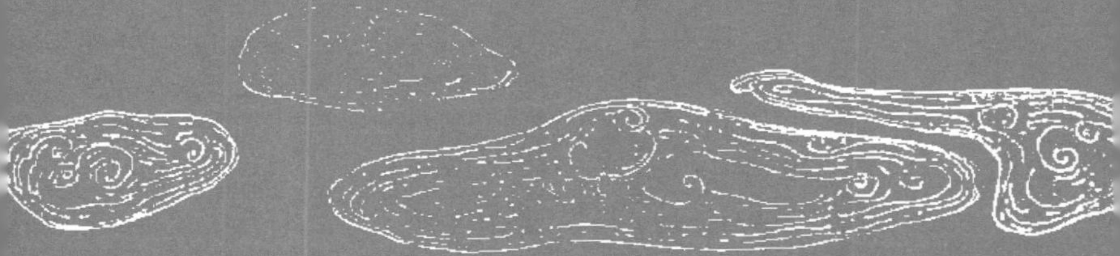

雪人

那时候我们都去荒野的小路上找雪人
零下二十度的乡下，大雪像野鸽子一样
一边飘落一边“咕咕咕咕”地叫着

漫天大雪里走来的人
谁找着了就是谁的亲人
拉着雪人的手
蹦蹦跳跳地往更深处的荒野里走去
我就是被雪人养大的孩子

被那么多年的风雪喂大，我从不担心寒冷
但我时常在阳光下落泪
有时候跟人说着说着话我就会吐出一口雪

狐仙

那人折了一枝梅花，转身向回忆中去了。

青灯下的经卷抖了一下，他抬起头来，旧年的苍黄就染了满眼。

——似乎那些欢笑一直不远，却也总没能触摸到。命运紧紧地贴着人的后背，即使回过头来，也无法看见。

就在那一晚，深蓝色的月亮花开了。他恍然又见，娇媚的笑容在寒窗外一闪，荒废了他的十年。

若说无缘，三千大千世界，十万菩提众生，怎么单单与你相见？

若说有缘，这灯花百结之后，只有灰烬，没有复燃。

三尺深雪，一夜月光。自此无言。

狼人

繁花落尽的十年，归鸟啼昏的暮晚。

多少风雨如旧时，谁一笑一颦惹人痴？

漫道不相思，空相思。

荒城响人声，君莫道、未解语，原是我归来寻觅。

犹记满月染上你眉梢的样子，你悄悄打着哑语。寂寞的少年远远望，从此暗怀了梦想：等我宝剑磨罢十年功，梅花香冷暗暗成，再来寻你、不迟。

谁曾想，归来一片空寂。

——多少忧伤往事，多少甜蜜情节，爱也不能说。

只有对月长啸，只有幻变如魔。请让我，今夜唱尽伤心曲，休把往事再重提。

不重提，怎能不提？那夜月下，今日心上，应是同样怅惘。

旧雨新知，生活换了多少场？

当我念你，依然迷狂！

地缚灵

他安静地转了个身，从无数个方向。黑夜的巨石纷纷滚动。在高处的星空，牵线者，面无表情。

——背对黑暗，比黑更暗，只有黑暗，人心晦暗。

乘着野花的清香，驾着一缕微风，他带来阴冷，在露水布满的子夜，轻轻地敲着残更。钟响十二声，路在有无中。默然回首，往事皆空。

唯有一念执着，无法抛下初衷。

当万劫碾过，前情若梦。

从此，尘归于尘，土回到土。

天国地府，再无重逢！

07

万物排列在天地间
是这世上的象形文字

只有人不是
人是标点

天空有一块，刚出生的云

金箔

01.

十三岁那年
我被蝉声唤醒了
像一朵花
突然闻到了自己的香味
我抓着灵魂的衣领
大声质问
你是谁

02.

十三岁那年七月

雨水、蛙声、蝉鸣

少年醒来，翻墙而出，星辰满天，独自游戏，人浮在沧海底

03.

清晨极目远眺
但见群楼高耸
旭日
是一颗
从楼上抛起的
红绣球

04.

太阳如雄狮
抖着颈上的金毛

05.

白天是玻璃柜子

夜晚是铁皮柜子

06.

我每天

用掉

一个太阳

07.

一个雨天

我坐在门前

大街上远远出现

一个灰点

雨水

一笔一笔画着

一个个点

一条条线

逐渐

一个人清晰起来

08.

就在告别

童男子的那天

我娶了一场生活

从此开始

早出晚归

09.

上帝是最大
也最慷慨的地产商
每个灵魂出世
都会获赠一套人形房

10.

在金字塔里
我们的爱好是
坐在坚硬的石头上
数甲壳虫
因为它们像硬币

11.

摧毁城池的做了皇帝

建造宫殿的都是匠人

12.

我在写作

为空白画上皱纹

13.

早餐为吃一个蛋
还是俩蛋
纠结半天
敲开蛋壳
却发现是双黄蛋

14.

办公室那棵发财树
旺盛得像一个
摁不下去的念头

15.

人们专注地盯着手机屏幕
像葵花咬着太阳

16.

我四处看了看
没人注意我
我把根扎进地铁的拉环
同时抬了抬后腿
尿意泉涌
但不尿是我的态度

17.

这天后半夜下班的路上
突然觉得自己累得像条狗
我便恶狠狠地叫了两声

18.

走到门前
举起钥匙
我突然想
不知道锁心
会不会痒

19.

玉兰花一开
一朵朵容器就形成了
我不知道
它们是不是装满了东西
但我此刻是装满了的

20.

下午三点，路过
南湖东园
街边的樱花树
在风里撕自己

21.

雨正在下
从下午三点开始
在人群头上
点数

22.

雨夜醒来
马路边汽车的顶棚
被路灯照成
一口口孤独的池塘

23.

万物排列在天地间

是这世上的象形文字

只有人不是

人是标点

24.

三十五岁

胃口很好

老是牙疼

25.

她不说刮痧

说

我给你刮刮身上的鳞

26.

人啊

宁愿信其有

不愿信我有

27.

有时候想想人啊
内心冰凉

有时候想想人又
热泪两行

28.

我承认

我老了

耗爱耗得厉害

29.

阳光的金箔洒下来
这时候我坐在三楼
刚好和一棵树一样高

30.

早上
天空有一块
刚出生的云
跟太阳
在较劲

31.

月亮像一枚
在市面上流通了
很多年的金币

32.

冬天是淬火的季节
一切杂质都被敲落
树木伸出了黑铁

33.

太阳在粼粼水面
丢下的碎银子
只有诗人
拣到了

34.

冬天
枯老的树
把鸟窝戴在胸前
有的戴一个
有的戴着俩
最粗大的那棵树
把四个鸟窝
都亮了出来

35.

冬日的葬礼
摆满了春天的花朵

36.

当寒风把那些
叶子和枝蔓
凿掉之后
树变成了
风的塑像

37.

太阳升起
人间这座活火山
喷薄而出

38.

雨是云的排泄物

光阴是万物的灵魂升起

你是你影子的尸体

39.

我的泡满
浓茶的杯子
被我一碰
情绪激昂
大口吐血

40.

彗星这颗棒棒糖

正在冲向地球

今夜有个少女

会在甜蜜中受孕

41.

今日天朗气清
我把手举起来
开始遛天上的云朵

我不遛乌云
它们脾气不好

42.

如果你建造的是花园
就不能只栽牡丹
如果你准备经营的是大森林
那就要撒下形形色色的种子

43.

楼群耸立起伏
就像地球这颗大脑袋
生出的一个个念头
再看看那些花木
在春风里波荡
真是些绮丽的杂念

08

几个晒太阳的老头

正在指点国际间的政治事件

口沫喷飞，风云席卷

我明白，这就是著名的退休家

一半是烟，一半是火

会 议 纪 录

大的
小的
高的
矮的
带耳朵的
不带耳朵的
肚子大口小的
口大肚子小的
杯子

共九只
摆上了桌面。
热气腾腾
开始冒烟

计有：

绿茶味的烟

——青涩

乌龙茶味的烟

——不温不火

红茶味的烟

——醇厚

咖啡味的烟

——洋气

菊花茶味的烟

——近来该花社会影响不好人民普遍评价不高

另有：

白开水

四杯

虽然也在冒烟

但没什么味道

动物园

动物园里
相邻的几个老虎
在各自的空间
懒洋洋地趴着

周末的阳光
洒下来
洒在它们斑斓的皮毛上
一半是烟
一半是火

这时
其中一只老虎
坐了起来
昂着头
打了个哈欠

那神情
让我觉得眼熟

没错
就是那个
我在电梯里
常常遇到的邻居
我立刻习惯性地
调动微笑
向他点了点头
急步走进了
自己的房间
看着窗外
懒洋洋的周末
趴了下来
开始发呆

画 面

停车场墙上
画着一挂香蕉
是简笔画
大概长这样：

豕

当我们脱下鞋

进了屋
我把脱下的两只鞋
整齐地并排放好
就看到妻
又把她的两只鞋
乱丢在地
我正要让她重新摆好
却发现
那两只鞋
一前一后
扭动身体
像两条锦鲤
在游
韵律很美

山上有两种花

山上有两种花
红的和黄的

红的是一种高大的乔木开的
非常漂亮

黄的是一种矮小的灌木开的
很不起眼

黄的我不想摘
红的我摘不到

中国春天

刚破冰的河水
并不是蓝眼睛
而是微黑的眼睛上
泛着翠鸟羽毛似的盈光
就是中国少女
独有的那种眸光
容易让人想到的
那个女孩的名字
也是这样的：
小翠
迎春

诸 子 百 家

01.

一大早门铃在响
开门就见本市那位
著名送奶家
给我送来了牛奶
匆匆忙忙
塞进背包
总算于九点三十分
及时赶到公司
美丽的前台小姐家
对我发射微笑
我正要趁机向她多多请教
电话响了

02.

一位著名推销家
向我推荐保险
我知道，此事不大保险
遂拒绝了她娇滴滴的声音
而心情黯淡下来
混沌了一个上午
期间几次看到，我的上司
那位著名广告策划家
在电脑上浏览毛片
此时，表针已一柱擎天
指向十二点
在我们公司方圆五公里
远近驰名的外卖送餐家来了
给我带来一份

香菇滑鸡饭

周围的著名文员家们

也纷纷吃上了午餐

纷纷收拾饭后的残局

纷纷趴在桌子上睡觉

03.

从中午一点，到

下午三点

文员家们陆续醒来

期间我又接到一个电话

说她是同行公司的一位

著名人事家

约我见面

挂掉电话

照例到楼下的社区公园去转
几个晒太阳的老头
正在指点国际间的政治事件
口沫喷飞，风云席卷
我明白，这就是著名的退休家
又遇见了几个扫大街的清洁家
又遇见了几个看小孩的保姆家
又遇见了几个卖水果的小贩家
又遇见了几个牵着手的恋爱家
又遇见了几个扯着狗的遛狗家
又遇见了几个下着棋的闲人家
又遇见了几个无所事事的晃悠家
又遇见了几个行色匆匆的赶路家

04.

终究无事可干

回到公司

下午四点半，办公位吞吐着

电流带来的空虚

一格一格的

我们公司最著名的老板家

叫我前去谈话

谈话完毕，下班打卡

我闯入名家辈出的人流

（当然是无痛的）

再一次挤上了由著名司机家驾驶

著名售票家卖票的公交车

05.

路遇红灯五次
其中一次
看见街头发生车祸
一位看起来像是民工家的人
正挂在路中间竖起的钢铁隔离栏上
血正在流淌
不异于那场战争
眼看他就要成为死人家了
车旁那位染着红发的年轻女郎
一看就是位闯祸家
几个停下了警车的
交警家
正在忙着处理事故现场
……等待着救护车

……等待着护士家

……等待着医生家

06.

这个场景在我的晚餐到来之前

只有一个公交车窗口

那么大

很快就被巨大的生活咽了下去

晚上十点半

准时上床睡觉

老婆就躺在我身边

我们还年轻，刚刚成家

地球旅馆 出品

捧读文化
触及身心的阅读
全国总经销

出品人 程 碧

责任编辑 胡晓童
特约编辑 尾 名
内文插图 三 乖
装帧设计 lemon
内文排版 博雅书装 BOYABOOKBINDING

新浪微博　微信公众号

法律顾问 天津益清（北京）律师事务所 王彦玲

出版投稿、合作交流，请发邮件至：innearth@foxmail.com
了解新书，图书邮购、团购、采购等，请联系发行电话：010-85805570